OSCAR WILDE
DU DANDY À L'ÉCRIVAIN

— Grandeur et décadence
d'un artiste provocateur

par Hervé Romain

50MINUTES

OSCAR WILDE

- **Nom ?** Oscar Fingal O'Flahertie Wills Wilde.
- **Naissance ?** Né le 16 octobre 1854 à Dublin (Irlande).
- **Mort ?** Décédé le 30 novembre 1900 à Paris.
- **Contexte ?** Londres à l'époque victorienne, alors que les dandys et esthètes dominent les salons, où ils défendent l'avant-garde littéraire et artistique.
- **Œuvres majeures ?**
  - *Le Crime de Lord Arthur Savile* (1887)
  - *Le Fantôme des Canterville* (1887)
  - *Le Portrait de Dorian Gray* (1891)
  - *Salomé* (1891)
  - *Un mari idéal* (1895)
  - *L'Importance d'être Constant* (1895)
  - *De Profundis* (1897)
  - *La Ballade de la geôle de Reading* (1898)

Peu de noms fascinent autant que celui de l'Irlandais Oscar Wilde. Brossons en quelques traits son portrait. Pour cadre : l'Angleterre victorienne de la fin du XIXe siècle. Pour décor : un salon de la haute bourgeoisie. Au centre, le dandy, d'une mise impeccable, est l'objet de tous les regards. Se proclamant lui-même « professeur d'esthétique », il assène à qui veut l'entendre ses aphorismes cinglants sur l'art, la morale et la beauté. Toutefois, ce brillant causeur avide de célébrité n'est pas aussi vain qu'on le pense : derrière le masque de la superficialité se cache un véritable philosophe, mais aussi et surtout un brillant écrivain.

L'esthète, défenseur de l'art pour l'art, se révèle sur le papier un critique pertinent, bien au fait de la production artistique de son temps ; le dandy faisant œuvre de sa personne même s'avère un poète exigeant, cherchant le Beau en toutes choses ; le philosophe transcrit quant à lui sa conception de la vie dans des essais ; le conteur exploite son imagination fertile et curieuse dans plusieurs contes et un roman ; enfin, Wilde, en véritable maître de la repartie s'épanouit pleinement dans son rôle de dramaturge à succès. De manière générale, qu'il soit critique, poète, essayiste, conteur, romancier ou dramaturge, son intelligence et son raffinement éclatent à chaque page de son œuvre comme un feu d'artifice. Car Wilde, jamais ennuyeux, se lit avant tout par plaisir. Son écriture pleine d'humour et d'érudition, légère sans être futile, est profonde par excès de superficialité, atteint à l'universel par les voies du frivole. À tout cela s'ajoute un brin de provocation qui fait, aujourd'hui encore, tout le charme de ses textes.

Mais s'il est en son temps adulé par certains, l'écrivain essuie aussi l'injure de ceux qui le jugent immoral. Derrière l'homme respectable se dissimule un paria que les consciences prudes déclarent débauché et pervers, avant de le condamner à deux ans de prison et à l'oubli. Son crime ? Être homosexuel.

LE TOUT-PUISSANT EMPIRE BRITANNIQUE

L'Irlande, où naît Oscar Wilde, est sous domination britannique depuis le XVIe siècle et fait partie intégrante du Royaume-Uni depuis l'Acte d'Union de 1800. Mais la fin du XIXe siècle voit les mouvements indépendantistes reprendre vigueur, désireux de voir appliquer le Home Rule, un traité accordant au pays son autonomie – qui se fera cependant attendre jusqu'en 1921.

L'Empire britannique est alors à son apogée. La politique est marquée par les mandats des Premiers ministres William Ewart Gladstone (1809-1898) et Benjamin Disraeli (1804-1881), mais la figure emblématique de cette époque est sans conteste la reine Victoria (1819-1901), qui gouverne le pays de 1837 à 1901 et donne son nom à l'époque victorienne. Sous le règne de cette dernière, la puissance militaire et le pouvoir commercial du Royaume-Uni sont tels qu'il domine le monde entier, étendant ses colonies sur le sous-continent indien, le Canada, l'Afrique et l'Australie. La force économique du pays est si grande qu'il traverse la Grande Dépression (1873-1896), une crise économique d'ampleur mondiale, avec une croissance positive et parvient à imposer sa pratique du libre-échange tandis que le protectionnisme est de règle partout ailleurs en Occident. Son avancée technologique et industrielle y est pour beaucoup.

UNE SOCIÉTÉ À DEUX VITESSES

C'est à cette époque que le pays, et Londres en particulier, prend le visage qu'on lui connaît aujourd'hui. Le bateau à vapeur et le chemin de fer transforment les habitudes de vie autant que les paysages.

Big Ben (1859), le métro londonien (1863), le Royal Albert Hall (1871) ou encore le Tower Bridge (1897) sont tous construits à cette période d'urbanisation galopante. Parallèlement, la population explose, faisant de la capitale britannique la ville la plus peuplée du monde, mais aussi la plus moderne, avec les récents progrès de l'électricité, du téléphone, de l'automobile et du cinéma.

Le développement du monde des affaires, de la bourse et de la banque va de pair avec la montée en puissance de la classe moyenne aux côtés de l'aristocratie. Toutes deux forment la classe dirigeante, l'*establishment*. Soucieuse d'image et d'étiquette, la société victorienne veut donner l'exemple en matière de civilisation, et se distingue par une morale puritaine et conservatrice. La famille, les bonnes mœurs et la respectabilité sont érigées en institutions nationales. Pour autant, la réalité n'est pas aussi parfaite qu'elle en a l'air. Si le mariage est sacré, il est rarement d'amour, et l'adultère est pratique courante. La condition de la femme, reléguée dans l'ombre d'une société essentiellement patriarcale, n'est guère à envier, mais pas moins que celle des pauvres et des classes populaires en général, qui sont brimées, exploitées et affamées. Toutefois, parallèlement, on assiste à d'importantes avancées sociales : des mouvements féministes, syndicalistes et suffragistes, ainsi que des associations caritatives voient le jour.

LE PRESTIGE DES LETTRES ANGLAISES

En littérature, la seconde moitié du XIXe siècle entretient la gloire des poètes romantiques que furent William Wordsworth (1770-1850), Lord Byron (1788-1824), Percy Bysshe Shelley (1792-1822) et John Keats (1795-1821), auxquels elle ajoute de nouveaux noms prestigieux comme Alfred Tennyson (1809-1892), Robert Browning (1812-1889), Matthew Arnold (1822-1888) et William Butler Yeats (1865-1939). Mais c'est vers le roman que l'intérêt se tourne désormais.

Les sœurs Brontë – Charlotte (1816-1855), Emily (1818-1848) et Anne (1820-1849) – s'y sont déjà illustrées, de même que William Makepeace Thackeray (1811-1863). Mais entre tous, c'est Charles Dickens (1812-1870) qui fait pour beaucoup figure de plus grand romancier de langue anglaise, avec des récits inoubliables comme *Oliver Twist* (1837-1839), *Un chant de Noël* (1843) ou *David Copperfield* (1849-1850). Le roman social et psychologique constitue alors le grand style de l'époque, illustré par les œuvres de George Eliot (1819-1880), George Meredith (1828-1909) et Thomas Hardy (1840-1928).

Mais la littérature de genre acquiert aussi ses lettres de noblesse : le policier avec Arthur Conan Doyle (1859-1930) et son fameux détective Sherlock Holmes ; l'aventure et l'exotisme avec Robert Louis Stevenson (1850-1894) (*L'Île au trésor*, 1883) et Rudyard Kipling (1865-1936) (*Le Livre de la jungle*, 1894) ; la science-fiction avec Herbert George Wells (1866-1946) (*La Guerre des mondes*, 1898) ; le fantastique avec Bram Stoker (1847-1912) (*Dracula*, 1897) ; la littérature enfantine avec Lewis Carroll (1832-1898) (*Alice au pays des merveilles*, 1865). Enfin, le théâtre, qui n'est pas en reste, tend à la société victorienne un miroir tantôt flatteur, tantôt sarcastique, à travers les pièces de George Bernard Shaw (1856-1950) ou les opérettes du duo formé par William S. Gilbert (1836-1911) et Arthur Sullivan (1842-1900).

DÉCADENCE À LA FRANÇAISE

Ajoutons encore que la France exerce sur les écrivains britanniques, et sur Oscar Wilde en particulier, une influence cruciale. À la suite de Théophile Gautier (1811-1872), l'école poétique du Parnasse défend le principe d'un art détaché de toute considération étrangère à lui-même : l'art pour l'art. Puis, dans le sillage de Charles Baudelaire (1821-1867), on assiste, dans les années 1880, au développement du décadentisme. À l'image du chef-d'œuvre *À rebours* (1884) de

Joris-Karl Huysmans (1848-1907), les œuvres décadentes mettent l'accent sur le style plus que sur l'histoire, disloquant les structures traditionnelles et mettant en scène des dandys aux mœurs dépravées.

En Angleterre, Algernon Charles Swinburne (1837-1909), Oscar Wilde, Arthur Symons (1865-1945) et Max Beerbohm (1872-1956) se font l'écho de ces mouvances, sous les traits de l'esthétisme, conçu comme recherche intransigeante de la beauté et du raffinement en toutes choses.

L'ESTHÉTISME DANS LES ARTS

Cette tendance a également son équivalent dans les arts, avec l'épanouissement de nouveaux courants artistiques qui surenchérissent d'élégance. Dès 1848, les peintres préraphaélites, menés par Dante Gabriel Rossetti (1828-1882), s'insurgent contre le style académique et conventionnel, et prônent un retour à des valeurs plus pures, antérieures à une tradition qu'ils jugent sclérosée et qu'ils font remonter à Raphaël (1483-1520), d'où leur appellation. S'inspirant notamment des mythes et légendes médiévaux, ils prolongent le renouveau qu'a connu l'architecture anglaise avec le style néogothique (*gothic revival*). La seconde génération préraphaélite, représentée par Edward Burne-Jones (1833-1898) et William Morris (1834-1896), applique ces principes aux arts décoratifs (mobilier, tapisserie, livre illustré, vitrail). Par les motifs qu'ils emploient (stylisation extrême d'éléments naturels) et par leur engagement social, ces artistes se rapprochent de l'art nouveau, un courant architectural et décoratif inspiré du japonisme, privilégiant l'ornement, la courbe, les formes végétales et les matériaux exotiques. Ce mouvement se répand un peu partout en Europe et dans le monde à la fin du XIXe siècle. Les dessins d'Aubrey Beardsley (1872-1898), illustrateur de la *Salomé* (1891) de Wilde, constituent le versant pervers de cette inspiration.

BIOGRAPHIE

ABREUVÉ AUX MEILLEURES SOURCES

Oscar Wilde naît le 16 octobre 1854 dans une famille aisée de la bourgeoisie dublinoise, protestante de tradition. Sa mère, féministe et poétesse, a néanmoins des sympathies pour le catholicisme, au point qu'elle fait baptiser ses fils en cachette. Si Wilde garde toute sa vie une attirance pour la religion catholique, dont il aime le faste autant que les mystères, il n'en développe pas moins une sensibilité toute païenne, dérivée de son amour pour l'antique – la Grèce en premier lieu.

Élève brillant, tant en Irlande, où il fréquente le Trinity College, qu'en Angleterre, où il poursuit son cursus universitaire à Oxford, il cultive tôt un goût pour les lettres, notamment classiques, renaissantes (Shakespeare) et romantiques (Byron, Keats, Shelley). Parmi les écrivains américains, il apprécie Edgar Allan Poe (1809-1849), Walt Whitman (1819-1892) et Henry James (1843-1916). À Oxford, il suit les cours de professeurs qui seront pour lui de véritables maîtres à penser : John Ruskin (1819-1900) et Walter Pater (1839-1894), deux grands défenseurs et théoriciens du préraphaélisme. Il devient aussi franc-maçon.

Passage obligé de toute éducation de gentleman, ses voyages en Italie et en Grèce sont pour lui un choc esthétique. Il en tire des poèmes à mi-chemin entre mysticisme et matérialisme qui seront ses premières œuvres publiées, d'abord séparément puis en recueil (*Poèmes*, 1881).

L'ARBITRE DES ÉLÉGANCES

Installé à Londres dès 1878, Wilde cultive, par son esprit, son attitude distinguée et son goût aussi sûr qu'anticonformiste, une popularité grandissante. Avant d'être un écrivain, il est donc avant tout un extraordinaire causeur à la conversation pétulante et raffinée. Sans avoir de projet précis, il désire, quoi qu'il en coûte, devenir célèbre.

Désœuvré, il s'adonne tout entier à la mondanité, recevant dans ses appartements finement ornés ses amis et confrères, fréquentant les artistes et les comédiennes, dont Sarah Bernhardt (1844-1923), écumant les galeries d'art où il se montre un critique perspicace et original. En toutes circonstances, il épate le public par son habillement, ses airs de dandy et son sens de la repartie.

Si l'on peut deviner chez lui, depuis quelques années, une homosexualité plus que naissante, il n'ose en tout cas pas l'afficher publiquement. Pour autant, on ne peut considérer son mariage avec Constance Lloyd en 1884 comme un pur acte de convention sociale : son sentiment pour elle semble bien avoir été sincère. Le couple a deux garçons, Cyril et Vyvyan.

DU DANDY À L'ÉCRIVAIN

L'éclat de sa personne est tel que, déjà, on le caricature. Le journal *Punch* en fait sa bête noire, et une pièce satyrique de Gilbert et Sullivan, *Patience* (1880), le tourne en ridicule. Qu'à cela ne tienne, toute publicité est bonne à prendre, et de fait, c'est suite à cette pièce qu'on vient lui proposer d'effectuer une tournée de conférences aux États-Unis. Pendant un an, en 1882, Oscar Wilde part alors asseoir son prestige outre-Atlantique, où ses propos sur l'art et son originalité font sensation.

À ce voyage américain, il faut ajouter plusieurs escapades parisiennes, pendant lesquelles il fréquente l'avant-garde des lettres françaises. En effet, depuis son enfance, Wilde maîtrise le français à la perfection. Il a lu Honoré de Balzac (1799-1850), grand faiseur d'histoires, Théophile Gautier, avec qui il partage la passion de l'art pour l'art, ainsi que Baudelaire, dont il goûte le romantisme morbide. Mais la vraie révélation a lieu lorsqu'il découvre *À rebours* de Huysmans, qui lui inspirera son unique mais fameux roman, *Le Portrait de Dorian Gray* (1891).

Au plus fort de son intensité, la période d'activité littéraire de Wilde ne s'étend pas sur plus de dix années : de 1886 à 1895. Il ne fait pas moins preuve pendant cette courte période d'une palette très variée de talents, quoiqu'il obtienne des succès inégaux, souvent de scandale. Délaissant quelque peu la poésie de sa jeunesse, il s'adonne au récit court, composant d'une part des nouvelles teintées de fantastique (*Le Crime de Lord Arthur Savile* ou *Le Fantôme des Canterville*, 1887), d'autre part des contes pour enfants empreints de naïveté (*Le Prince heureux et autres contes*, 1888) mais également d'une poésie délicate et même morbide qui en fait aussi des contes pour adultes (*Une maison de grenades* ou *Salomé*, 1891). Il s'illustre aussi dans le genre de l'essai, qui lui permet de préciser sa philosophie de l'art et de la vie (*Intentions*, 1891).

GRANDEUR ET DÉCADENCE

Enfin, et surtout, Wilde s'affirme comme un auteur de théâtre, sinon génial, du moins talentueux. Ne dit-il pas lui-même qu'il a mis tout son génie dans sa vie, et dans ses œuvres seulement son talent ? Après deux essais manqués dans le registre de la tragédie au début des années 1880, ses comédies font éclater en un feu d'artifice son art du dialogue piquant et pétillant. Citons *L'Éventail de Lady Windermere* (1892), *Une femme sans importance* (1894) et, surtout, les plus jouées encore aujourd'hui, *Un mari idéal* (1895) et *L'Importance d'être Constant* (1895).

Mais alors même qu'il goûte au succès, le dandy connaît des revers sur le plan personnel. En 1895, Wilde, qui assume désormais ses relations homosexuelles, est poursuivi en justice par le père de son jeune amant, Lord Alfred Douglas (1870-1945), pour comportement indécent. En effet, l'homosexualité est illégale dans l'Angleterre victorienne, qui la réprime vigoureusement. Trois procès se succèdent, au terme desquels l'accusé se voit infliger la peine maximale : deux ans de travaux forcés.

Le choc est, on le devine, violent pour qui n'a connu qu'une vie de plaisirs. À l'épreuve physique de l'enfermement s'ajoute en outre celle de l'abandon : plus personne, ou presque, n'ose défendre le paria traîné aux gémonies. Il écrit pendant son incarcération une longue lettre à Douglas : *De Profundis* (1897). Sans aucune rémission de peine, Wilde sort de prison en 1897, mais il ne s'en relève pas. Il ne publie plus qu'un seul texte, chant du cygne à l'accent sincère, bien loin des fantaisies d'antan : *La Ballade de la geôle de Reading* (1898). Exilé en France, il vit encore trois ans avant de mourir d'une méningite, pauvre et oublié, dans un petit hôtel parisien, le 30 novembre 1900, à seulement 46 ans.

LES BONS MOTS D'OSCAR WILDE

Toute sa vie, Oscar Wilde a émaillé ses discours et conversations de petites phrases piquantes restées célèbres. Par exemple, arrivé en Amérique, il annonce au douanier qu'il n'a « rien à déclarer, si ce n'est son génie ». Dans les dîners, il aime à souffler qu'il peut « résister à tout, sauf à la tentation » ou qu'« il ne faut jamais reporter au lendemain ce qu'on peut faire le surlendemain ». Enfin, dans ses derniers jours, alité dans un hôtel miteux à Paris, il déclare encore : « Ou c'est ce papier peint qui s'en va, ou c'est moi » et « Je meurs au-dessus de mes moyens ».

OSBORNE (Danny), *Statue d'Oscar Wilde*, Merrion Square, Dublin, 1997.

CARACTÉRISTIQUES

ARTISTE DE SA VIE

Avant d'être un écrivain, Oscar Wilde marque les esprits de son temps par sa personnalité flamboyante et son verbe étincelant. Véritable personnage, dont la vie même se veut une œuvre d'art, il s'inscrit dans la lignée des dandys issus de la haute société qui, depuis George Bryan Brummell (1778-1840), défraient la chronique par leurs goûts raffinés, notamment vestimentaires, autant que par leur esprit vif et insolent.

Puisant son érudition aux cultures hellénique, orientale, renaissante et moderne (romantique et décadente), il applique et diffuse une philosophie de l'art et de la vie – les deux étant intimement liés – gouvernée par le principe du Beau en toutes choses. Ainsi, il s'intéresse de près à la sculpture, à la peinture, à la musique, à l'architecture, aux arts décoratifs, au mobilier ou encore à la mode, aiguisant pendant ses premières années un don tout personnel pour la critique esthétique.

Par ailleurs, en réaction au moralisme victorien et à ses valeurs chrétiennes, qui privilégient l'âme au détriment du corps, Wilde ose défendre un hédonisme (philosophie qui fait du plaisir le but majeur de l'existence) d'inspiration païenne qui donne toute sa place aux délices des sens. *Carpe diem* (« Cueille le jour présent ») semble être la devise de cet individualiste qui a hérité des romantiques l'égoïsme mais non la mélancolie.

TO SHOCK, OR NOT TO BE

On devine qu'une telle attitude, manifeste dans ses écrits comme en public, ne va pas sans une bonne dose de provocation. Maniant avec brio l'art du paradoxe et de la formule condensée, Wilde parsème ses discours d'aphorismes, de maximes, d'épigrammes et d'oxymores par lesquels il s'amuse à retourner les valeurs de la pensée traditionnelle. Ainsi, pour lui :

- il n'y a pas de livre moral ou immoral. Un livre est bien ou mal écrit, c'est tout. Autrement dit, l'esthétique prime sur l'éthique ;
- l'art véritable se doit d'être inutile ;
- un beau mensonge vaut mieux qu'une plate vérité ;
- la nature imite l'art bien plus que l'art n'imite la vie.

Mais la provocation, dont le dandy se sert comme d'une arme, doit être subtile, car elle est à double tranchant. Coqueluche du tout-Londres, Wilde ne se sent pas moins un paria. Non seulement sa défense du bon goût dans une Angleterre dont il n'hésite pas à critiquer les platitudes lui fait connaître la solitude – encore qu'il puisse se réconforter dans le sentiment d'appartenir à une élite –, mais en outre, ses mœurs le forcent également à entretenir un double jeu dans une société peu encline à tolérer ce qui est alors considéré comme de la perversion. Aussi doit-il, selon l'expression consacrée, « savoir jusqu'où aller trop loin ».

Ses comédies en sont le plus parfait exemple. Elles offrent au public bien-pensant de l'époque juste ce qu'il faut de provocation pour le titiller sans l'outrer. En se moquant des petites hypocrisies, le dramaturge égratigne la morale bourgeoise sans la remettre radicalement en cause. Ainsi, à défaut d'être vraiment subversives, ses pièces sont, par leur humour étincelant, l'incarnation brillante d'un certain esprit de classe où le bon mot est roi et où les bonnes manières font tout pardonner.

On trouve par ailleurs dans ses œuvres théâtrales un schéma récurrent : un personnage respectable cache un secret qu'un autre personnage apprend et dont il se sert contre lui. Notons l'intérêt accordé aux thèmes de la dissimulation, du mensonge, du faux, du masque ou encore de la double identité. À la scène, Wilde en tire de savoureux quiproquos. Mais dans ses récits de fiction, ces mêmes thématiques prennent une toute autre tonalité. Le mal, le vice et le crime s'y font plus prégnants, et on y retrouve des motifs ambigus tels que le miroir, le sang, la laideur et la corruption, qui ancrent l'écrivain dans le courant décadent.

DANS L'OMBRE DU MASQUE

On soupçonne vite, en le lisant, que Wilde n'est pas que superficialité. La pose, l'humour et la provocation, cachent – ou révèlent – un artiste sincère et intransigeant, défenseur acharné, mais sans véhémence, de l'art pour l'art. Là où les parnassiens tiraient de ce credo une poésie souvent froide et insensible, Wilde est quant à lui animé d'une sensibilité toute romantique, empreinte de l'amour sans borne qu'il voue aux objets de sa passion. Attiré par le mysticisme et l'ésotérisme, il introduit souvent dans ses histoires du fantastique et du merveilleux. Et on y trouve toujours une réflexion philosophique originale qui n'en rend jamais la lecture vaine.

Enfin, le tableau acide qu'il peint de la société victorienne – et ce pas uniquement dans ses pièces de théâtre, dont on a déjà parlé – dénote un sens critique qui sait comment faire mouche. Mettant le doigt sur les travers de ses contemporains, il n'y oppose cependant pas de remède, car il sait bien que ce monde qu'il écorche est aussi le monde auquel il doit plaire. Cynique, son jugement social ne va donc pas jusqu'à la prise de position, gage pour lui de sa liberté d'artiste, qui reste son seul et unique combat. Ce n'est qu'après l'expérience de la prison que son attitude à cet égard changera et qu'il adoptera, dans *La Ballade de la geôle de Reading*, des vues plus fermes.

LE PORTRAIT DE DORIAN GRAY

Sur une proposition du *Lippincott's Monthly Magazine*, Wilde rédige en peu de temps ce qui restera son unique roman. Publié en revue en 1890, le récit provoque le scandale auprès de la société bien-pensante. Pour l'édition en volume, en 1891, l'auteur atténue certains passages trop explicites et ajoute plusieurs chapitres ainsi qu'une préface dans laquelle il expose sa vision de l'écriture. À ce jour, *Dorian Gray* est son œuvre la plus connue et figure au panthéon de la littérature mondiale.

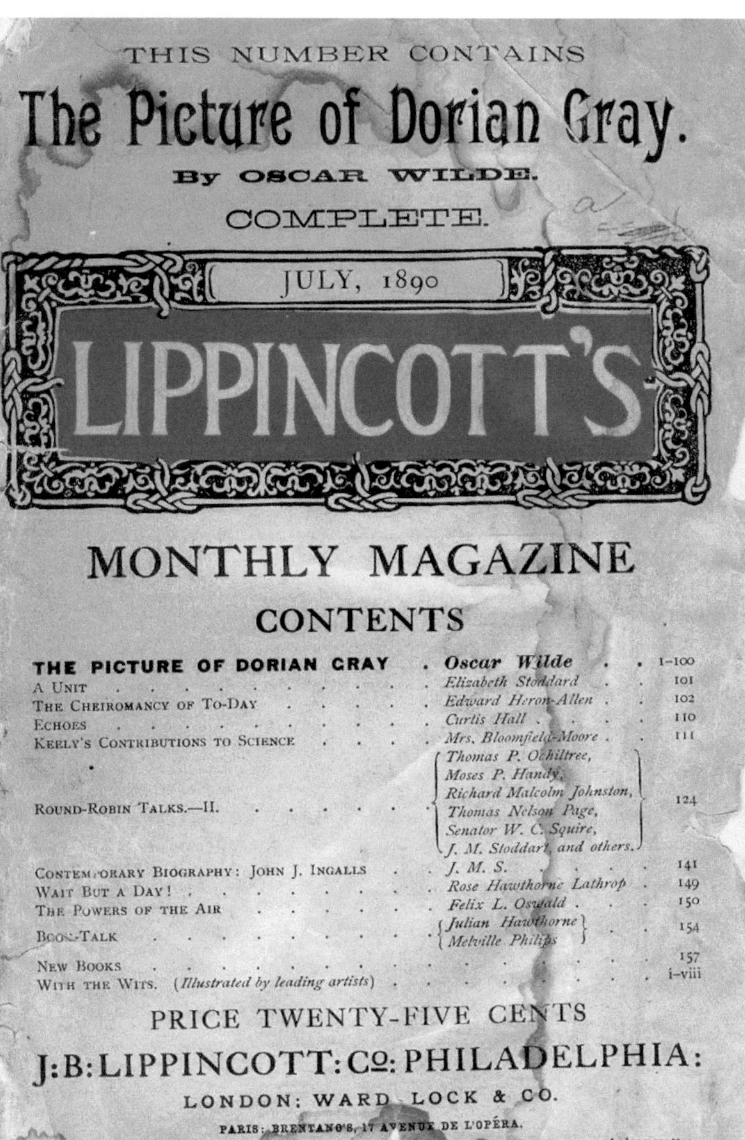

THIS NUMBER CONTAINS

The Picture of Dorian Gray.

By OSCAR WILDE.

COMPLETE.

JULY, 1890

LIPPINCOTT'S

MONTHLY MAGAZINE

CONTENTS

PRICE TWENTY-FIVE CENTS

J:B:LIPPINCOTT:Cº:PHILADELPHIA:

LONDON: WARD, LOCK & CO.

PARIS: BRENTANO'S, 17 AVENUE DE L'OPÉRA.

Couverture de la première édition du *Portrait de Dorian Gray* dans le *Lippincott's Monthly Magazine*, 1890.

L'histoire tourne autour du jeune Dorian Gray, dont un ami vient de réaliser le portrait. La beauté du tableau fait prendre conscience à son modèle, influencé par les propos d'un dandy plus expérimenté, Lord Henry Wotton, que tandis qu'il vieillira, son image restera éternellement parfaite. Atterré par cette idée, il formule le vœu que l'ordre du monde s'inverse, et que ce soit son portrait qui prenne les traces du temps alors que lui demeurerait inchangé. Le miracle s'accomplit : Dorian traverse désormais l'existence sans se flétrir. Il plonge alors dans une vie synonyme de débauche, de vice et de malhonnêteté. Mais les années passent et Dorian finit par regretter son innocence passée. Il voudrait se racheter, en vain. De désespoir, il poignarde le portrait maudit, mais c'est lui-même qui s'écroule, subitement terrassé par le poids de ses péchés.

Impossible de ne pas voir dans un tel parcours le reflet des inquiétudes de l'auteur, lui-même tiraillé entre une vie mondaine qu'il se doit de tenir respectable et une autre moins avouable, colorée de vice. Le thème de la double identité trouve ici l'une de ses plus poignantes incarnations comme, à la même époque, dans *L'Étrange Cas du docteur Jekyll et de M. Hyde* (1886) de Stevenson, avec lequel *Dorian Gray* partage le traitement fantastique. Plus tôt, c'est à *La Peau de chagrin* (1831) de Balzac que l'on pense, où l'on retrouve un autre thème commun : le pacte diabolique, apportant succès et plaisirs à son signataire, en même temps que la menace d'un tribut fatal à payer. Enfin, plus loin encore, c'est au *Faust* de Goethe (1749-1832), que l'on pense évidemment.

Par cette fable philosophique, l'auteur incarne jusqu'à l'extrême l'idéal d'une vie devenue œuvre d'art. Mais le rêve devient vite cauchemar. En effet, si Dorian Gray échappe désormais à l'épreuve du temps et conserve la beauté de sa jeunesse, il perd aussi sa candeur et sa vertu : cultivant les plaisirs sans limite, il sombre dans la débauche. Éternellement jeune, il perd aussi toute vie sociale car tous les hommes autour de lui vieillissent. Par ailleurs, en s'entourant d'objets d'art, il se perd dans la collectionnite et se livre à des raffinements de pure forme d'où le sentiment, comme la morale, est absent. Parfums, bijoux, fleurs ou encore tissus s'accumulent chez lui avec une surenchère qui rappelle les excès du baron Des Esseintes, personnage unique du roman *À rebours* de Huysmans. Ainsi, à la question « Comment rendre la vie belle ? », les réponses que l'auteur apporte sonnent tels des avertissements.

L'influence du décadentisme français est donc claire, ce qui ne fut pas pour rien dans les reproches d'immoralisme faits à l'endroit du romancier, accusé de corrompre la jeunesse. Livre d'influence, *Dorian Gray* est d'ailleurs un livre sur l'influence : Dorian, induit dans le péché par Lord Henry, répand le mal autour de lui, guidé par sa bible à couverture jaune, *À rebours*. Malgré tout, le roman reste très chaste, car la débauche attribuée au personnage n'est jamais décrite de manière explicite et est laissée à l'imagination du lecteur. Certains diront que c'est là son meilleur effet, ou sa pire influence...

SALOMÉ

Désireux d'être considéré aussi comme un auteur français, en 1891, Wilde écrit dans la langue de Molière cette courte pièce en un acte, qu'il ne verra jamais représentée. En effet, en vertu d'une ancienne loi interdisant la représentation de personnages bibliques, la pièce est censurée en Angleterre. La première a lieu à Paris en 1896, pendant son emprisonnement.

Au palais d'Hérode, roi de Judée, la jeune princesse Salomé, fille d'Hérodiade, demande à voir le prophète Jean-Baptiste (Iokanaan), retenu prisonnier. Prise d'un désir violent pour cet homme pâle et mystique, elle voit ses avances rejetées par celui-ci. Par vengeance, elle joue de sa séduction pour obtenir d'Hérode qu'on lui apporte sur un plateau d'argent la tête d'Iokanaan, afin de pouvoir enfin « embrasser sa bouche ». Dans la dernière réplique de la pièce, Hérode ordonne que Salomé soit à son tour tuée.

BEARDSLEY (Aubrey), illustration de la robe de paon de Salomé dans *Salomé*, 1892.

Bien qu'elle adopte la forme théâtrale, *Salomé* relève davantage du poème, voire du tableau vivant. Les personnages, peu développés, semblent figés dans le marbre, et il flotte autour d'eux une atmosphère lourde et solennelle. Plus que l'action elle-même, connue d'avance puisqu'elle transpose un épisode du Nouveau Testament, c'est le texte en soi qui importe. Celui-ci, finement ciselé, accumule les images et les symboles morbides : la lune (tour à tour blanche, rouge et couverte de nuages), le sang (versé ou piétiné), la blancheur (des corps surtout), la mort (suicide ou meurtre), l'amour assassin, la cruauté ou encore le mauvais présage. Le regard y occupe aussi une grande part : on scrute, on convoite, on admire, on dévisage ; la beauté, comme le mal, naît dans l'œil de celui qui regarde.

Avec ces divers motifs, Wilde tisse une draperie somptueuse qui, si elle s'inspire de la Bible, s'en écarte par l'esprit. De cet épisode situé à la charnière des traditions chrétienne et byzantine, il retient surtout l'aspect oriental, qu'il associe à la richesse des décors et des costumes, à l'érotisme, aux passions langoureuses et cruelles. Le paganisme de la pièce ressort d'autant mieux qu'il contraste avec l'intense religiosité d'Iokanaan, annonciateur du christianisme à venir. À l'écoute de ses imprécations et des présages qui semblent assombrir le ciel, on sent toute la menace qui pèse sur cette époque préchrétienne.

Adaptant le mythe à la sauce décadente, Wilde le pervertit pour le faire correspondre aux obsessions du temps. Ainsi, Salomé, qui était dans l'histoire originale le jouet de sa mère, devient ici une véritable femme fatale, prête à tuer pour assouvir son impossible désir. Alors qu'elle a encore l'âge de l'innocence, elle incarne pourtant le mal et la pureté déchue. La forme se veut elle aussi marquée du sceau de la décadence. Par l'usage de mots insolites, d'une langue volontairement non naturelle (accentuée par le fait que c'est le français d'un anglophone), de répétitions et de noms étrangers qu'il choisit (ou forge) pour leur sonorité, Wilde crée ce qu'on appelle une « écriture artiste » qui confine à la bizarrerie, à l'objet rare, et dévoie par la même occasion le texte biblique (on pense au *Cantique des cantiques*) :

> « Iokanaan ! Je suis amoureuse de ton corps. Ton corps est blanc comme le lys d'un pré que le faucheur n'a jamais fauché. Ton corps est blanc comme les neiges qui couchent sur les montagnes, comme les neiges qui couchent sur les montagnes de Judée et descendent dans les vallées. Les roses du jardin de la reine d'Arabie ne sont pas aussi blanches que ton corps. Ni les roses du jardin de la reine d'Arabie, du jardin parfumé de la reine d'Arabie, ni les pieds de l'Aurore qui trépignent sur les feuilles, ni le sein de la lune quand elle couche sur le sein de la mer... Il n'y a rien au monde d'aussi blanc que ton corps – laisse-moi toucher ton corps ! » (WILDE (Oscar), *Œuvres*, Paris, Gallimard, coll. « Bibliothèque de la Pléiade », 1996, p. 1237-1238)

Si *Salomé* est un chef-d'œuvre du décadentisme, c'est aussi en raison de son jeu de correspondances entre les arts. La pièce fait tour à tour appel à la poésie (en témoignent la langue et le style employés), à la peinture (notamment par les poses grandiloquentes ou les motifs récurrents), aux arts décoratifs (mentionnons les descriptions d'objets, de bijoux ou de vêtements), à la musique et à la danse (Wilde invente d'ailleurs la fameuse danse des sept voiles, qu'il ne décrit pas mais qui est depuis indissociablement liée au mythe). Elle l'est aussi par son profond ancrage dans les goûts du temps : le mythe de Salomé est en effet très populaire dans la production de la fin du siècle, notamment chez des peintres comme Gustave Moreau (1826-1898), des illustrateurs comme Aubrey Beardsley, des romanciers comme Gustave Flaubert (1821-1880), des poètes comme Stéphane Mallarmé (1842-1898) ou encore des dramaturges comme Maurice Maeterlinck (1862-1949).

L'IMPORTANCE D'ÊTRE CONSTANT

Dernière des quatre comédies de l'auteur, *L'Importance d'être Constant* (1895) coïncide avec sa gloire comme avec sa chute : dès les premières représentations, la pièce connaît un grand succès, mais au même moment, Wilde est embarqué dans les procès qui feront sa perte.

La forme de cette œuvre théâtrale est proche du vaudeville français, auquel la fin du XIXe siècle a donné de grands maîtres, dont Georges Feydeau (1862-1921). Par ailleurs, il est aisé de voir dans son argument un reflet lointain des préoccupations de l'auteur. En effet, son héros, John Worthing, mène une double vie. Sous le nom de Constant, il est à la ville un dandy fiancé à la jeune Gwendolen ; mais à la campagne, il est le respectable oncle Jack de sa pupille Cecily, à qui il prétexte l'existence d'un frère appelé Constant pour pouvoir s'absenter de temps à autre. Toutefois, un jour, son ami Algernon découvre la tromperie et débarque dans la seconde résidence de John. Là, il se fait passer pour le fameux frère et courtise Cecily qui était en réalité déjà tombée amoureuse du mystérieux Constant à force d'en avoir entendu parler. Quiproquos et révélations s'enchaînent jusqu'à un final heureux.

Au même titre que dans ses autres comédies, mais avec une plus grande maîtrise, Wilde exploite ici pleinement son art du dialogue, de la repartie cinglante, du mot bien placé et du paradoxe provocateur. L'humour qui se dégage de cette jouissive joute verbale tient notamment au subtil retournement des valeurs communément admises. Au centre, l'opposition entre légèreté et sérieux : pour Wilde, il faut traiter les sujets légers avec sérieux et les affaires sérieuses avec légèreté. Ce paradoxe se goûte d'autant mieux qu'il résonne avec le thème même de la pièce, par le biais d'un jeu de mots : Constant (*Ernest* en anglais) tient à sa réputation d'homme sérieux, c'est-à-dire constant (*earnest* en anglais). Les personnages de Gwendolen et Cecily sont eux-mêmes très attachés à ce prénom, qu'en réalité aucun protagoniste ne porte vraiment ! Quand elles l'apprennent, elles s'en montrent fort déçues et continuent de se considérer fiancées à un certain Constant qui n'existe pas... On le voit, il y a aussi du nonsense (sorte d'absurde) chez Wilde, mais un nonsense qui n'est pas illogique car il naît de l'intelligence même du discours.

On a reproché à l'écrivain d'avoir créé une pièce sans message. Or c'est bien là tout son intérêt : si ses comédies sont si intéressantes, c'est justement parce qu'elles sont si superficielles. En refusant de jouer le jeu du didactisme et de nous faire chercher un sens ailleurs que dans l'œuvre elle-même, Wilde crée un objet parfait. Du reste, le propos n'est pas dénué de résonance sociologique. Par ses personnages (un peu creux en eux-mêmes mais savoureux dans leurs oppositions), l'auteur dresse un portrait piquant de la société victorienne et des contraintes insupportables qu'elle impose à ses membres. Pour lui, la nature humaine, libre par essence, ne peut se conformer aux modèles que les conventions lui imposent, sans se ménager de temps à autre une « soupape » pour respirer, fût-ce par le truchement d'un masque. Pour notre plus grand bien, les pièces de Wilde font elles-mêmes office de soupapes dans un monde souvent trop sérieux et clament l'importance salutaire d'être avant tout léger.

LA BALLADE DE LA GEÔLE DE READING

La dernière œuvre de Wilde, que lui-même considérait comme son chant du cygne, est la seule qu'il rédige après son séjour en prison, si l'on excepte la longue lettre à Douglas publiée sous le titre *De Profundis*. C'est chez un éditeur d'ouvrages marginaux qu'il fait paraître, en 1898, ce long poème issu de son calvaire et qu'il signe de son matricule : « C.3.3. »

Le réprouvé ne parle pas tant de son propre sort que de celui des prisonniers en général, et de l'un d'eux en particulier. En effet, pendant l'incarcération de Wilde, un condamné à mort est amené à Reading pour y être pendu. Le poète établit alors un parallèle entre le sort de cet homme et celui de la communauté entière. Il évoque ses derniers jours, sa montée à l'échafaud (qu'il doit imaginer car il n'y a bien sûr pas assisté), ainsi que son inhumation indigne, sous de la chaux brûlante dans un trou sans nom. S'ensuit un véritable réquisitoire dans lequel l'auteur s'en prend à la prétendue injustice des hommes.

Le contraste est certes surprenant, pour ne pas dire émouvant, entre le dandy mondain de naguère et l'humble « C.3.3. ». Pour qui ne connaîtrait pas l'histoire de Wilde, l'identité des deux semblerait même incroyable. Tombé du ciel tel Icare, ayant tout perdu (son nom a été traîné dans la boue, ses biens ont été vendus, il ne peut plus voir ses enfants), Wilde tire enfin de sa lyre les accents de la sincérité. Finies les jongleries d'esprit et les recherches verbales : c'est dans son cœur même qu'il trempe à présent sa plume, pour nous livrer un vibrant cri de l'âme virant au pamphlet.

Ce narrateur qui dit « je », ce n'est plus le dandy *high-class* pétri d'individualisme, mais un être humain, frère des autres. D'abord des autres codétenus, car le « je » alterne souvent avec le « nous » : en évoquant le sort du condamné à mort (sans pardonner son crime, ce n'est pas ici la question), l'auteur parle de la souffrance de tous les prisonniers. Mais frère aussi de nous tous, car tous nous partageons une part de l'humaine culpabilité, ce que Wilde traduit par cette sentence : nous tuons ceux que nous aimons. À quoi on voudrait ajouter : et les hommes tuent ceux qui aiment. Car c'est bien pour son amour des hommes que Wilde a été condamné.

Ce texte est donc, aussi, une accusation contre une société qui punit trop sévèrement ceux qu'elle désigne comme des parias. Wilde règle ses comptes, dénonçant en termes crus l'infamie de la vie carcérale et l'injustice d'avoir à endosser le rôle du bouc émissaire. Par son martyr, il comprend que les lois humaines sont plus dures que les lois éternelles. Le texte pose donc la première pierre d'un retour vers une forme de religiosité qui mènera Wilde, au seuil de la mort, à se convertir au catholicisme.

Indépendamment de son sujet, ce poème est bien sûr d'une facture superbe. La forme médiévale de la ballade, avec son rythme, ses répétitions, ses refrains et ses rimes, résonne comme une incantation, une marche funèbre, voire une danse macabre. Par sa structure dramatique, sa lente progression vers la mort, son chœur des prisonniers et son plaidoyer final, *La Ballade de la geôle de Reading* évoque également la tragédie grecque. Mais on pense aussi à *La Ballade des pendus* (1462) de François Villon (1431-1463) ou au *Dit du vieux marin* (1798) de Samuel Coleridge (1772-1834). Il en ressort une grande solennité, au point que c'est un passage de cette œuvre que la tombe du poète porte en épitaphe :

> Les larmes d'autrui rempliront pour lui
> L'urne brisée de la Pitié,
> Car ses pleureurs seront des réprouvés,
> Et les réprouvés toujours pleurent.

OSCAR WILDE, UNE SOURCE D'INSPIRATION

Deux personnages de Wilde sont passés à la postérité : le premier est bien sûr Dorian Gray. Incarnation exemplaire de la duplicité humaine et du rêve de l'éternelle jeunesse, il est, avec Faust, un des rares mythes modernes et, pour cette raison, il a fait l'objet de nombreuses adaptations (romans, films, théâtre, bande dessinée). Son nom est pour ainsi dire passé dans la langue courante pour désigner un dandy ou quelqu'un dont la jeunesse apparente semble contredire l'âge réel.

Le second, parfois confondu à tort avec le premier, n'est autre qu'Oscar Wilde lui-même. Sublime représentant de l'esprit de son époque, il renvoie au fantasme d'un XIXe siècle fastueux, symbole d'une Europe à l'apogée de sa culture, patrie des arts et des lettres. Son parcours a quelque chose de tragique et d'annoncé qui fait aussi de lui un être de fiction. Le romancier anglais Gyles Brandreth (né en 1948) ne s'y est pas trompé, faisant d'Oscar Wilde le héros d'une série de romans où il partage la vedette avec… Arthur Conan Doyle ! Mais c'est surtout en tant que dandy et esthète que Wilde fait des émules, continuant de donner le ton plus d'un siècle après sa mort. Ainsi, il n'est pas interdit de voir en certaines célébrités comme Karl Lagerfeld (né en 1933) les descendants plus ou moins frelatés de son esprit.

Mais l'écrivain n'a pas toujours fait l'unanimité. Si la France et l'Allemagne l'ont tout de suite considéré comme un artiste, pour les Anglais il a longtemps été l'homosexuel, le criminel, et ses œuvres sont restées pendant des décennies dans l'ombre, sous le coup de la censure. De nos jours, l'opinion, heureusement plus tolérante, voit en Wilde un martyr de la cause homosexuelle et un pionnier discret de la littérature LGBT (lesbiennes, gays, bisexuels et transgenres). Après lui viennent notamment André Gide (1869-1951), Jean Cocteau (1889-1963) et Jean Genet (1910-1986).

Néanmoins, force est de constater que l'œuvre de Wilde n'a pas eu de réelle postérité littéraire. Le décadentisme et l'esthétisme ont évolué vers le symbolisme, mais Wilde, jusqu'à la prison du moins, est resté un tenant puriste de ces styles qui se voulaient par essence l'expression d'une « fin de race » sans descendance. Certes le siècle n'est pas mort avec lui, et d'autres écrivains, comme Jean Lorrain (1855-1906), Marcel Schwob (1867-1905), Pierre Louÿs (1870-1925) et Thomas Mann (1875-1955), pour ne pas citer Marcel Proust (1871-1922), prolongent l'esprit fin de siècle dans la Belle Époque. Mais le XXe siècle, marqué par les guerres, explore ensuite d'autres voies, rejetant radicalement cet art insouciant, produit d'une élite indifférente aux problèmes du monde.

En fin de compte, le plus beau legs que Wilde nous ait fait reste celui de son intelligence. Par ses bons mots, il continue de s'inviter à nos tables et est devenu un incontournable des anthologies de citations. C'est le trait qui, combiné à sa réputation sulfureuse, transparaît aussi le plus dans les diverses adaptations de son œuvre et de sa vie, par exemple dans le biopic Wilde (1997), réalisé par Brian Gilbert (né en 1960). Parmi ses textes les plus adaptés, Salomé a fait l'objet en 1905 d'un opéra par Richard Strauss (1864-1949) et de plusieurs films dont Salome's last dance (1988), réalisé par Ken Russell (1927-2011). Le Portrait de Dorian Gray, également adapté de nombreuses fois pour le cinéma, a connu des traitements heureux, notamment en 1945, par Albert Lewin (1894-1968), d'autres moins, par exemple en 2009, par Oliver Parker (né en 1960).

EN RÉSUMÉ

- Avant d'être un écrivain, Oscar Wilde est un dandy et un brillant causeur à la personnalité flamboyante qui cultive, par son esprit raffiné, son attitude distinguée et son goût aussi sûr qu'anticonformiste, une popularité grandissante.
- Il défend, à l'oral comme à l'écrit, une philosophie de l'art pour l'art portée à son paroxysme, dont le maître-mot est la Beauté, et qu'il nomme esthétisme.
- Sa forme d'expression privilégiée est l'épigramme, formule condensée visant à frapper l'esprit par l'emploi d'un paradoxe, d'un renversement de valeurs, d'un rapprochement audacieux, afin de faire naître la conscience d'une vérité supérieure.
- Le parcours proprement littéraire de Wilde commence au tournant de 1880 avec la publication de ses premiers poèmes, puis s'emballe vers 1887 avant de s'interrompre brutalement en 1895 suite à son emprisonnement. Seuls deux textes voient encore le jour après, lourdement marqués par son expérience carcérale.
- Wilde brille dans tous les genres : critique, essai, poésie, conte, roman et théâtre. Ses quatre comédies en font une star de la scène londonienne, tandis que son unique roman, *Dorian Gray*, après avoir suscité le scandale en son temps, est aujourd'hui considéré comme un chef-d'œuvre de la littérature mondiale.
- Figure à la mode, Wilde s'inscrit parfaitement dans le climat artistique de son temps, en particulier dans le décadentisme, dont son écriture se rapproche le plus.

Votre avis nous intéresse !

*Laissez un commentaire sur le site de votre librairie en ligne
et partagez vos coups de cœur sur les réseaux sociaux !*

POUR ALLER PLUS LOIN

SOURCES BIBLIOGRAPHIQUES

- DARCOS (Xavier), *Oscar a toujours raison*, Paris, Plon, 2013.
- DES CARS (Laurence), *Les Préraphaélites : un modernisme à l'anglaise*, Paris, Gallimard et RMN, 1999.
- FERNEY (Frédéric), *Oscar Wilde ou Les Cendres de la gloire*, Paris, Mengès, 2009.
- HOLLAND (Merlin), *L'Album Wilde*, Paris, Éditions du Rocher, 2000.
- JULLIAN (Philippe), *Oscar Wilde*, Paris, Bartillat, 2011.
- LAMBOURNE (Lionel), *The Aesthetic Movement*, Londres, Phaidon, 1996.
- MERLE (Robert), *Oscar Wilde*, Paris, Éditions universitaires, 1957.
- SATO (Tomoko) et LAMBOURNE (Lionel), *The Wilde Years: Oscar Wilde & the Art of His Time*, Londres, Barbican Art Galleries, en association avec Philip Wilson Publishers, 2000.
- SCHIFFER (Daniel Salvatore), *Oscar Wilde : splendeur et misère d'un dandy*, Paris, La Martinière, 2014.
- WILDE (Oscar), *Contes et Récits*, Paris, Librairie générale française, 2010.
- WILDE (Oscar), *Œuvres*, Paris, Gallimard, coll. « Bibliothèque de la Pléiade », 1996.
- WILDE (Oscar), *Pensées, mots d'esprit, paradoxes*, choisis et traduits par Alain Blanc, calligraphiés par Jean-Jacques Grand, Montélimar, Voix d'Encre, 2009.
- WILDE (Oscar), *The Complete Plays, Poems, Novels and Stories*, Londres, Magpie, 1993.

SOURCES ICONOGRAPHIQUES

- BEARDSLEY (Aubrey), illustration de la robe de paon de Salomé dans *Salomé*, 1892. La photo reproduite est réputée libre de droits.
- Couverture de la première édition du *Portrait de Dorian Gray* dans le *Lippincott's Monthly Magazine*, 1890. La photo reproduite est réputée libre de droits.
- OSBORNE (Danny), *Statue d'Oscar Wilde*, Merrion Square, Dublin, 1997. La photo reproduite est réputée libre de droits.

www.50minutes.com

Éditeur responsable : Lemaitre Publishing
Rue Lemaitre 6 | BE-5000 Namur
info@lemaitre-editions.com

ISBN ebook : 978-2-8062-6276-9
ISBN papier : 978-2-8062-6277-6
Dépôt légal : D/2015/12603/69
Photo de couverture : © *Oscar Wilde* (1882), par Napoleon Sarony.

Conception numérique : Primento,
le partenaire numérique des éditeurs